La hora de la verdad

Grupos de animales

Heather E. Schwartz

Créditos de publicación

Rachelle Cracchiolo, M.S.Ed., *Editora comercial*
Conni Medina, M.A.Ed., *Gerente editorial*
Nika Fabienke, Ed.D., *Realizadora de la serie*
June Kikuchi, *Directora de contenido*
Caroline Gasca, M.S.Ed., *Editora superior*
Sam Morales, M.A., *Editor asociado*
John Leach, *Editor asistente*
Kevin Pham, *Diseñador gráfico*
Jill Malcolm, *Diseñadora gráfica básica*

Créditos de imágenes: págs.8, 9, 16 inferior: Martin Strmiska/Alamy; págs.10, 11, 16 centro: Ivan Vdovin/Alamy; las demás imágenes de iStock y/o Shutterstock.

Library of Congress Cataloging-in-Publication Data

Names: Schwartz, Heather E., author.
Title: La hora de la verdad : grupos de animales / Heather E. Schwartz.
Other titles: Showdown. Animal groups. Spanish
Description: Huntington Beach : Teacher Created Materials, [2018] | Identifiers: LCCN 2018008953 (print) | LCCN 2018012128 (ebook) | ISBN 9781425830366 (ebook) | ISBN 9781425826918 (paperback)
Subjects: LCSH: Animals--Habitations--Juvenile literature.
Classification: LCC QL756 (ebook) | LCC QL756 .S3918 2018 (print) | DDC 591.5--dc23
LC record available at https://lccn.loc.gov/2018008953

Teacher Created Materials
5301 Oceanus Drive
Huntington Beach, CA 92649-1030
www.tcmpub.com

ISBN 978-1-4258-2691-8

Printed in China
Nordica.102018.CA21801128

Muchos animales comparten sus hogares.
Viven en grupos.

Los tucanes viven
en las selvas.
Viven en grupos
llamados bandadas.

Los lobos viven en
los bosques.
Viven en grupos
llamados **manadas**.

Los delfines viven en los océanos. También viven en grupos llamados manadas.

Las cebras viven en las praderas. Viven en grupos llamados harenes.

Los pingüinos viven en zonas heladas. Viven en grupos llamados **colonias**.

Muchos animales comparten sus hogares.
Viven en grupos.

¡Al igual que tú y yo!

Glosario

bandadas

colonias

harenes

manadas